Johanna Stange (Hg.)

Alles, nur kein Tannenbaum

Weihnachtsgeschichten

Kaufmann Verlag

Bibliografische Information der Deutschen Bibliothek

Die Deutsche Bibliothek verzeichnet diese Publikation in der Deutschen Nationalbibliografie; detaillierte bibliografische Daten sind im Internet über http://dnb.ddb.de abrufbar.

1. Auflage 2012

Umschlagabbildung: © Jan Engel, Fotolia.com
Druck und Bindung: CPI Books, Ulm
ISBN 978-3-7806-3085-8

Inhalt

Vertrauen gegen Vertrauen

Damit Klarheit herrscht: Geld spielt bei uns keine Rolle, solange wir noch Kredit haben. Die Frage ist, was wir einander zu unserem Weihnachtsfest, dem Passahfest, schenken sollen.

Wir beginnen immer schon Monate vorher, an Schlaflosigkeit zu leiden. Der Plunderkasten „Zur weiteren Verwendung" kommt ja für uns selbst nicht in Betracht. Es ist ein fürchterliches Problem.

Vor drei Jahren, zum Beispiel, schenkte mir meine Frau eine komplette Fechtausrüstung und bekam von mir eine zauberhafte Stehlampe. Ich fechte nicht.

Vor zwei Jahren verfiel meine Frau auf eine Schreibtischgarnitur aus carrarischem Marmor – samt Briefbeschwerer, Brieföffner, Briefhalter und Briefmappe –, während ich sie mit einer zauberhaften Stehlampe überraschte. Ich schreibe keine Briefe.

Voriges Jahr erreichte die Krise ihren Höhepunkt, als ich meine Frau mit einer zauberhaften Stehlampe bedachte und sie mich mit einer persischen Wasserpfeife. Ich rauche nicht.

Heuer trieb uns die Suche nach passenden Geschenken beinahe in den Wahnsinn. Was sollten wir einander noch kaufen? Gute Freunde informierten mich, dass sie meine Frau in lebhaftem Gespräch mit einem Grundstücksmakler gesehen hatten. Wir haben ein gemeinsames Bankkonto, für das meine Frau auch allein zeichnungsberechtigt ist. Erbleichend nahm ich sie zur Seite: „Liebling, das muss aufhören. Geschenke sollen Freude machen, aber keine Qual. Deshalb werden wir uns nie mehr den Kopf darüber zerbrechen, was wir einander schenken sollen. Ich sehe keinen Zusammenhang zwischen einem Feiertag und einem schottischen Kilt, den ich außerdem niemals tragen würde. Wir müssen vernünftig sein, wie es sich für Menschen unseres Intelligenzniveaus geziemt. Lass uns jetzt ein für alle Mal schwören, dass wir einander keine Geschenke mehr machen werden!"

Meine Frau fiel mir um den Hals und nässte ihn mit Tränen der Dankbarkeit. Auch sie hatte an eine solche Lösung gedacht und hatte nur nicht gewagt, sie vorzuschlagen.

Jetzt war das Problem für alle Zeiten gelöst. Gott sei Dank.

Am nächsten Tag fiel mir ein, dass ich meiner Frau zum bevorstehenden Fest doch etwas kaufen müsste.

Als Erstes dachte ich an eine zauberhafte Stehlampe, kam aber wieder davon ab, weil unsere Wohnung durch elf zauberhafte Stehlampen nun schon hinlänglich beleuchtet ist. Außer zauberhaften Stehlampen wusste ich aber für meine Frau nichts Passendes, oder höchstens ein Brillantdiadem – das Einzige, was ihr noch fehlt. Einem Zeitungsinserat entnahm ich die derzeit gängigen Preise und ließ auch diesen Gedanken wieder fallen.

Zehn Tage vor dem festlichen Datum ertappte ich meine Frau, wie sie ein enormes Paket in unsere Wohnung schleppte. Ich zwang sie, es auf der Stelle zu öffnen. Es enthielt pulverisierte Milch. Ich öffnete jede Dose und untersuchte den Inhalt mithilfe eines Siebs auf Manschettenknöpfe, Krawattennadeln und ähnliche Fremdkörper.

Ich fand nichts. Trotzdem eilte ich am nächsten Morgen, von unguten Ahnungen erfüllt, zur Bank. Tatsächlich: Meine Frau hatte 260

Pfund von unserem Konto abgehoben, auf dem jetzt nur noch 80 Aguroth verblieben, die ich sofort abhob. Heiliger Zorn überkam mich. Ganz wie du willst, fluchte ich in mich hinein. Dann kaufe ich dir also den Astrachanpelz, der uns ruinieren wird. Dann beginne ich jetzt, Schulden zu machen, zu trinken und Kokain zu schnupfen. Ganz wie du willst.

Gerade als ich nach Hause kam, schlich sich meine Frau abermals mit einem riesigen Paket durch die Hintertür rein. Ich stürzte auf sie zu, entwand ihr das Paket und riss es auf – natürlich. Herrenhemden. Eine Schere ergreifen und die Hemden zu Konfetti zerschneiden war eins.

„Da – da –!", stieß ich keuchend hervor. „Ich werde dich lehren, feierliche Schwüre zu brechen!"

Meine Frau, die soeben meine Hemden aus der Wäscherei geholt hatte, versuchte einzulenken. „Wir sind erwachsene Menschen von hohem Intelligenzniveau", behauptete sie. „Wir müssen Vertrauen zueinander haben. Sonst ist es mit unserem Eheleben vorbei."

Ich brachte die Rede auf die abgehobenen

260 Pfund. Damit hatte sie ihre Schulden beim Friseur bezahlt, sagte sie.
Einigermaßen betreten brach ich das Gespräch ab. Wie schändlich von mir, meine kluge Frau, die beste Ehefrau von allen, so völlig grundlos zu verdächtigen.
Das Leben kehrte wieder in seine normalen Bahnen zurück.
Im Schuhgeschäft sagte man mir, dass man die gewünschten Schlangenlederschuhe für meine Frau ohne Kenntnis der Fußmaße nicht anfertigen könne, und ich sollte ein Paar alte Schuhe als Muster bringen.
Als ich mich mit dem Musterpaar unterm Arm aus dem Haustor drückte, sprang meine Frau, die dort auf der Lauer lag, mich hinterrücks an. Eine erregte Szene folgte.
„Du charakterloses Monstrum!", sagte meine Frau. „Zuerst wirfst du mir vor, dass ich mich nicht an unsere Abmachung halte, und dann brichst du sie selber! Wahrscheinlich würdest du mir auch noch Vorwürfe machen, weil ich dir nichts geschenkt habe …"
So konnte es nicht weitergehen. Wir erneuerten unseren Eid. Im hellen Schein der elf zauberhaften Stehlampen schworen wir uns, bestimmt und endgültig keine Geschenke

zu kaufen. Zum ersten Mal seit Monaten zog Ruhe in meine Seele ein.
Am nächsten Morgen folgte ich meiner Frau heimlich auf ihrem Weg nach Jaffa und war sehr erleichtert, als ich sie ein Spezialgeschäft für Damenstrümpfe betreten sah.
Fröhlich pfeifend kehrte ich nach Hause zurück. Das Fest stand bevor und es würde keine Überraschung geben. Endlich!
Auf dem Heimweg machte ich einen kurzen Besuch bei einem mir befreundeten Antiquitätenhändler und kaufte eine kleine chinesische Vase aus der Ming-Periode. Das Schicksal wollte es anders. Warum müssen die Autobusfahrer auch immer so unvermittelt stoppen. Ich versuchte die Scherben zusammenzuleimen, aber das klappte nicht recht. Umso besser. Wenigstens kann mich meine Frau keines Vertragsbruches zeihen.
Meine Frau empfing mich im Speisezimmer, festlich gekleidet und mit glückstrahlendem Gesicht. Auf dem großen Speisezimmertisch sah ich, geschmackvoll arrangiert, einen neuen elektrischen Rasierapparat, drei Kugelschreiber, ein Schreibmaschinenfutteral aus Ziegenleder, eine Schachtel Skiwachs, einen Kanarienvogel komplett

mit Käfig, eine Brieftasche, eine zauberhafte Stehlampe, einen Radiergummi und ein Koffergrammophon (das sie bei dem alten Strumpfhändler in Jaffa unter der Hand gekauft hatte).

Ich stand wie gelähmt und brachte kein Wort hervor. Meine Frau starrte mich ungläubig an. Sie konnte es nicht fassen, dass ich mit leeren Händen gekommen war. Dann brach sie in konvulsivisches Schluchzen aus: „Also so einer bist du. So behandelst du mich. Einmal in der Zeit könntest du mir eine kleine Freude machen – aber das fällt dir ja gar nicht ein. Pfui, pfui, pfui. Geh mir aus den Augen. Ich will dich nie wieder sehen …"

Erst als sie geendet hatte, griff ich in die Tasche und zog die goldene Armbanduhr mit den Saphiren hervor.

Kleiner, dummer Liebling.

Der Baum

Seniorenblatt 2013

Alle Jahre wieder, in stiller Freude auf das nahende Weihnachtsfest, werden Abseiten und Remisen geöffnet, Böden erklommen oder Kellergewölbe aufgesucht. Der begehrte Karton ist dank seiner Größe rasch gefunden und aus der Dunkelhaft befreit. Im Wohnzimmer, traditionsgemäß der Zielort des Transportes, enthüllt er nach ungeduldigem Öffnen der miteinander verklemmten Pappdeckel sein glitzerndes Innenleben: Weihnachtsschmuck. Vor manchen dieser Artikel ist schon über zehnmal gesungen worden; einige der Kugeln erinnern an älteres Obst, es finden sich Lamettasträhnen, die das Aussehen von braunem Seetang angenommen haben.
Aber Weihnachtsschmuck ist kein Verbrauchsgut, sondern gewissermaßen Familienschmuck, ältere Stücke sind vertraut geworden und erhalten das Gnadenbrot.
Doch da man den Weihnachtsbaum, Kleinod des beliebten Festes, nicht mit braunen Strähnen und Kugelkreisen schmücken

möchte, wird alljährlich neue Glitzerware angeschafft.
Angesichts unserer respektablen Sammlung folgerte meine Frau: „Wenn wir den ganzen Schmuck aufhängen wollen, brauchen wir einen großen Baum."
Sie hatte mir fünfundzwanzig Mark in die Hand gedrückt, damit ich unter den schönsten Bäumen wählen konnte.
Zum Transport des grünen Tannenmöbels hatte ich Henry mitgenommen. Wir fanden einen Prachtbaum von über drei Metern Größe, mit schönen, weit ausladenden Zweigen. Henry versuchte, den Baum anzuheben, ächzte hörbar und schlug vor, einen kleineren Baum zu nehmen. Die kleineren kosteten nur zwanzig Mark, und wenn man bedenkt, dass wir bereits seit einer halben Stunde suchten und froren, wird jeder verstehen, dass wir die gewonnenen fünf Mark vor dem Kauf des Baumes in Schnaps und Bier umsetzten. Das brauchte meine Frau nicht einmal zu erfahren, denn die Preise für Bäume variieren von Jahr zu Jahr erheblich.
Wir hatten inzwischen zwar eine halbe Stunde verloren, aber die Zuneigung zu einem Zwanzigmarkbaum gewonnen. Da

warnte Henry: „Denk an eure Kinder! Diese kleinen Geschöpfe werden den Baum sehen und hinaufklettern – welches Kind tut das nicht? Bis in die höchsten Äste wagen sie sich vor, ahnungslos steigen sie ins Unglück, der Baum neigt sich, stürzt, und da liegen die Kleinen …"
Er hatte die Hände vors Gesicht gelegt. In seinen Augen durfte ich Tränen vermuten. Nach diesem Zwischenfall besprachen wir in demselben Lokal, was zu tun sei. Der Verkäufer hatte einen immer noch stattlich zu nennenden Baum für fünfzehn Mark. Er gefiel Henry und mir, aber als Henry ihn anhob und den dicken Stamm besah, machte er eine Bemerkung, auf die ich nie gekommen wäre, und ich war ihm dankbar. Wohlgemerkt – ich war! Heute sehe ich die Sache mit anderen Augen. Henry zeigte auf den Stamm: „Was habt ihr für einen Christbaumständer?"
Solche Fragen kann man natürlich nicht klipp und klar beantworten. Unser Christbaumständer ist ein herkömmliches, gusseisernes, grünlackiertes Stativ – kein Stativ, mehr ein Sockel, wie soll man das beschreiben? Henry meinte, dass man für diesen

Stamm einen neuen Christbaumständer kaufen müsste, der nach grober Schätzung dreißig bis vierzig Mark kosten würde. Wir besprachen den Fall ausführlich bei dem Gastwirt, der uns gleich wiedererkannte und so viel einschenkte, dass wieder fünf Mark dahingingen. Um es kurz zu machen, sei verraten, dass der Baum für zehn Mark immer noch mannshoch war. Noch nadelte er nicht, obwohl er blässlich im Ton war, aber was heißt das schon.

Baum ist Baum, wenn der viele Schmuck ein Übriges tut.

Als ich bezahlen wollte, legte Henry die Hand auf meinen Zehnmarkschein: „Moment mal – was macht ihr nach dem Fest mit dem gewaltigen Baum?"

Nun hatte ich etwas getrunken, das gebe ich zu, und lachte über die dumme Frage. Jeder weiß, dass man einen Baum in Stücke sägt und verheizt oder ihn nachts vor die Haustür stellt – möglichst nicht vor die eigene. Henrys unpassende Frage, ob die Nummer meiner Kragenweite mit der Zahl meines Intelligenzquotienten identisch sei, überhörte ich taktvoll. „Na ja, entschuldige", lenkte er ein, „aber man kann übermannshohe Bäume nicht heimlich aus dem Haus schmuggeln!“ Er griff nach einer Säge, die im Lager des Verkäufers lag, und war nur mit Mühe davon zurückzuhalten, eine Scheibe vom Stamm abzusägen, um zu beweisen, dass das keine Kleinigkeit wäre. Der Baumverkäufer wies uns vom Platz.

Also gut. Der Gastwirt erzählte, dass er persönlich kleine Bäume viel hübscher fände, man solle zum Fest nicht protzen, der Baum sei ein Symbol, nichts anderes.

Ich gab Henry die restlichen fünf Mark. Nach drei Minuten kam er mit einem sehr hübschen Bäumchen wieder. Wir umarmten uns, und der Wirt gab eine Runde aus. In meiner trunkenen Freude traf ich eine Entscheidung, die ich später bereute. Henry sollte auch ein Bäumchen haben – jawohl! Henry ist schließlich mein Freund – und Hugo auch – so heißt der Wirt –, wir haben ihm das Du angeboten, und er hat eingewilligt. Und da habe ich den Baum geteilt – durch drei, jawohl, Henry ist mein Zeuge –, und weil ich den Baum bezahlt hatte, durfte ich das obere Drittel behalten – jawohl!

Kinderweihnacht

Weihnachten! Welch ein Zauber liegt in diesem Wort! Mir ist es immer, als öffnete sich damit der Blick in den Sternenhimmel, und die Freude funkelte herab, auch in die Dunkelheit trüber Zeiten. Man stellt seine Sorgenlast für eine Weile beiseite und befreit seine Seele, damit sie hell dastehe, frei vom Alltagsstaub, und das Licht aufnimmt und widerstrahlt, Liebe empfängt und Liebe gibt. In wie vielen Herzen, die von der Not des Lebens dunkel geworden sind, strahlt das Licht der Weihnachtsfreude, lehrt sie aufschauen und wieder an das Licht glauben, wie viele Ohren, die sich verschlossen hatten, tun sich auf bei dem Klang der Weihnachtsglocken und horchen auf die frohe Botschaft, die uns allen verkündet wird. Kommt auch bald wieder der Alltag zu seinem Recht, kommen auch die dunklen Seiten wieder, erlischt die Freude in manchem Leben ganz, man hat doch immer wieder ins Licht schauen dürfen, man hat den Klang der Weihnachtsglocken gehört, man war doch wieder einmal froh gewesen und hatte Liebe gegeben und empfangen. – Gesegnet sei darum unser liebes Weihnachtsfest!

Wir lebten in einer kleinen Stadt Estlands, unser Haus lag dicht an der Kirche, und das Glockengeläute an den Festtagen durchtönte es bis in den letzten Winkel; dadurch hatten die Festtage bei uns ganz besonderes Gepräge. Auch verstand meine Mutter so wunderbar, Feste zu feiern.

Es war so viel Freude in ihr, und die Freude ging wie ein großer Strom voll Leben von ihr aus. Niemals aber empfanden wir das so stark wie in der Weihnachtszeit.

Wie herrlich waren schon die Vorbereitungen! Die ganze Adventszeit war so voller Erwartung; der bunte Adventsstern, der vom ersten Advent an in unserem Zimmer hing, die Advents- und Weihnachtslieder, die wir mit unserer Mutter sangen, und die Geheimnisse, die um uns entstanden! Es war gar kein Alltag mehr, denn jeder Tag war durchrauscht von froher Feststimmung und Erwartung.

Wie köstlich war es, wenn Mutter dazwischen in ihrem Zimmer verschwand und wir nicht hineinkommen durften! Wenn sie auf Besorgungen ging, bei denen wir sie nicht begleiten durften und von wo sie mit großen, geheimnisvollen Paketen wieder heimkam! Wie köstlich war es, auf dem Fußboden von Mutters Zimmer dazwischen ein Stückchen Schaumgold zu finden! Wir dachten ganz sicher, die Engel hätten es von ihren Flügeln verloren.

Und dann war plötzlich der Weihnachtsabend da! Geheimnisvoll rauschend wurde der Tannenbaum durch das Haus getragen, mit Herzklopfen lauschten wir, in unserem Kinderzimmer eingeschlossen, wie die Zweige unsere Tür streiften. Von diesem Augenblick an war das Wohnzimmer für uns den ganzen Tag verschlossen. Unsere Puppen saßen schon längst festlich gekleidet auf dem Fensterbrett und durften all die Herrlichkeiten früher als wir sehen. Wir lagen auf dem Fußboden und versuchten, durch die Ritze der Tür irgendeinen Schimmer der Herrlichkeit zu erspähen.

Ach, und wenn es dann Abend wurde und die verschlossene Tür sich weit auftat, Geheimnisse sich enthüllten und alles voll Glanz und Freude war! Weihnachtsfreude, Kinderseligkeit, so oft geschildert, so oft

besungen, wer fände aber doch die rechten Worte, alles das ganz auszusprechen!
Es gab aber einmal ein Weihnachten, wo ich bitterlich weinte. Von diesem Weihnachtsfest will ich erzählen.
Es war Adventszeit. – Ich hatte eine heiß geliebte Puppe, sie hieß Adelchen, sie war groß, hatte einen Porzellankopf, himmelblaue Augen und schwarze, angemalte Locken. Ich liebte sie über alles, und doch plagte mich einmal die Neugierde, zu erfahren, was „in ihr drin" sei. Ich teilte diese Sehnsucht meiner kleinen Schwester Elisabeth mit, und eines Tages fassten wir den ruchlosen Plan, der Sache auf den Grund zu kommen.
Wir entkleideten Adelchen, bohrten und fühlten an ihrem Körper lange herum, konnten aber nicht ergründen, woraus sie „gemacht" war. Da ergriff ich eine Schere und schlitzte ihr den Leib auf. Ein Strom von Sägespänen ergoss sich aus der Wunde. Voller Staunen sahen wir dem Strom zu, vergrößerten grausam mit den Fingern den Riss und sahen kaltblütig ihr Leben entströmen. Plötzlich wurde uns bange, sie wurde welk und dünn; wenn wir sie aufsetzen wollten,

knickte sie zusammen und ihr schwerer Porzellankopf sank ihr vornüber.
Ein großer Schmerz kam über mich und mein kleines Schwesterchen fing an zu weinen. In unserer Angst brachten wir unser Opfer zu unserer alten Wärterin. „Mein Gott, welche Kinder", war ihr beängstigender Ausruf bei unseren Unarten. Sie führte uns Schuldbeladene mit dem Opfer, das welk über ihrem Arm hing, zu unserer Mutter, die die Puppe fortnahm, und ich weinte mich abends in den Schlaf vor Sehnsucht nach der Heißgeliebten, so grausam Ermordeten.
Nach einigen Tagen dachte ich, meine Mutter würde sie uns geheilt wiedergeben. Als sie aber gar keine Anstalten dazu machte, trieb mich die heiße Sehnsucht zu der Bitte, Mutter möchte mir doch Adelchen wiedergeben. „Nein", war die Antwort, „das habt ihr nicht verdient, das Christkindchen hat die Puppe geholt, wird sie zu Weihnachten reparieren und sie wohl den armen Kindern bringen." Traurig hörte ich den Bescheid und dachte, ich hätte diese Strafe wohl verdient, nur dass Adelchen für arme Kinder da sein sollte, konnte ich nicht verwinden. Überhaupt, die „armen Kinder" waren vor Weihnach-

ten ein Stein des Anstoßes für mich, über den ich oft stolperte. Immer musste man ihnen was weggeben von seinen Sachen! Meine Kleider schenkte ich gern fort, auch meine sonstigen Spielsachen; nur wenn es eine Puppe wegzugeben galt, zerriss es mir das Herz. Dazu sagte Mutter noch, wenn man den Armen nicht froh und gern gäbe, so trüge das Geben keinen Segen. – Und nun war Weihnachten da! Trotz Adelchens Verlust waren die Tage vorher wie sonst, voll herrlichster Erwartung, voll kühnster Träume, glühendster Wünsche, auf deren Erfüllung man mit Zittern wartete.

Ich hatte für meine Eltern ein Gedicht auswendig gelernt, dessen ersten Vers ich mit mühsam steifen Buchstaben auf ein „Wunschpapier" geschrieben hatte. Dieses Wunschpapier zu Weihnachten einzukaufen, war ein herrliches Erlebnis. Es war ein feierlicher Augenblick, wo wir unter den Flügeln unserer alten Wärterin in den Laden gingen, jedes sein Fünfzehnkopekenstück in der Hand. Wir wählten in der größten Aufregung und konnten uns immer nicht zum Einkauf entschließen, bis unsere Wärterin für uns endlich die Entscheidung traf. Mit unseren Wunschpapieren in den Händen, mit klopfendem Herzen standen wir dann hinter der Tür des Weihnachtszimmers. Nun öffnete sie sich weit; Mutter spielte den Choral, Vater stand neben ihr am Flügel mit dem Neuen Testament in der Hand, aus dem wunderbare Buchzeichen an bunten Bändern heraushingen. Wir sangen Weihnachtslieder, hörten das Weihnachtsevangelium und wagten gar nicht, nach dem Baum oder unseren Geschenken hinzuschauen. Das war uns nämlich von unserer alten Wärterin fest eingeprägt, „ehe ihr euer Gedicht aufgesagt habt, dürft ihr nichts sehen", und nun sollte ich mein Gedicht aufsagen. Ich überreichte Vater mein Wunschpapier und fing an „Ihr Kinderlein, kommet, o kommet", doch als ich so weit kam, da hatte ich meinen Blick erhoben und nach dem Gabentisch hingeschaut. Was sah ich? In der Mitte des Tisches saß mein Adelchen in einem neuen Kleide, mit wohlgefülltem Körper und steif abstehenden Armen. Über diesen Anblick vergaß ich alles, ich stand mit weit geöffneten Augen da, und mein Herz stand vor Seligkeit einen Augenblick still. Ich verstummte und konnte mein Gedicht nicht weiter sagen. Mein Vater war ernst und ein wenig streng. Pflichttreue und Selbstüberwindung mussten wir schon als kleine Kinder zu üben versuchen. Er blickte missbilligend nach mir hin, meine Mutter half mir, aber mein Gedächtnis ließ mich vollständig im Stich, und ich brach in Tränen aus.

Trotzdem wurde der Abend noch schön. Tränenüberströmt schloss ich mein Adelchen in meine Arme und beruhigte mich, als meine Eltern sagten, sie wären mir nicht mehr böse.

Als ich abends in meinem Bett lag mit Adelchen im Arm und mein Abendgebet sprach, dankte ich zuerst dem lieben Gott für mein wiedergeschenktes Kind. Dann kam eine heiße Bitte um Vergebung, dass ich meine Eltern so schwer betrübt hätte, und dann ging alles unter in dem einen Glücksgefühl, dass die armen Kinder mein Adelchen nicht bekommen hatten! Und den kalten Porzellankopf meiner Puppe fest an meine heißen Kinderwangen gedrückt, schlief ich selig und dankbar ein.

Einsam am Heiligen Abend

Jedes Mal wenn Weihnachten kommt, muss ich an Herrn Sörensen denken. Er war der erste Mensch in meinem Leben, der ein einsames Weihnachtsfest feierte, und das habe ich nie vergessen können.

Herr Sörensen war mein Lehrer in der ersten Klasse. Er war gut, im Winter bröselte er sein ganzes Frühstücksbrot für die hungrigen Spatzen vor dem Fenster zusammen. Und wenn im Sommer die Schwalben ihre Nester unter den Dachvorsprung klebten, zeigte er uns die Vögel, wie sie mit hellen Schreien hin und her flogen. Aber seine Augen blieben immer betrübt.

Im Städtchen sagten sie, Herr Sörensen sei ein wohlhabender Mann. „Nicht wahr, Herr Sörensen hat Geld?", fragte ich einmal meine Mutter. „Ja, man sagt's." – „Ja ... ich hab' ihn einmal weinen sehen, in der Pause ..."

„Herr Sörensen ist vielleicht so betrübt, weil er so allein ist", sagte meine Mutter. „Hat er denn keine Geschwister?", fragte ich. „Nein – er ist ganz allein auf der Welt ..."

Als dann Weihnachten da war, sandte mich meine Mutter mit Weihnachtsbäckereien zu Herrn Sörensen. Wie gut ich mich daran erinnere. Unser Stubenmädchen ging mit, und wir trugen ein großes Paket, mit rosa Band gebunden, wie die Mutter stets ihre Weihnachtspäckchen schmückte.
Die Treppe von Herrn Sörensen war schneeweiß gefegt. Ich getraute mich kaum einzutreten, so rein war der weiße Boden. Das Stubenmädchen überbrachte die Grüße meiner Mutter. Ich sah mich um. Ein schmaler hoher Spiegel war da, und rings um ihn, in schmalen Rahmen, lauter schwarzgeschnittene Profile, wie ich sie nie vorher gesehen hatte.
Herr Sörensen zog mich ins Zimmer hinein und fragte mich, ob ich mich auf Weihnachten freue. Ich nickte. „Und wo wird Ihr Weihnachtsbaum stehen, Herr Sörensen?" – „Ich? Ich habe keinen, ich bleibe zu Hause."
Und da schlug mir etwas aufs Herz beim Gedanken an Weihnachten in diesem ‚Zuhause'. – In dieser Stube mit den schwarzen kleinen Bildern, den schweigenden Büchern und dem alten Sofa, auf dem nie ein Mensch saß – ich fühlte das Trostlose, das Verlasse-

ne in dieser einsamen Stube, und ich schlug den Arm vors Gesicht und weinte.

Herr Sörensen zog mich auf seine Knie und drückte sein Gesicht an meines. Er sagte leise: „Du bist ein guter kleiner Bub.“ Und ich drückte mich noch fester an ihn und weinte herzzerbrechend.

Als wir heimkamen, erzählte das Stubenmädchen meiner Mutter, ich hätte ‚gebrüllt‘. Aber ich schüttelte den Kopf und sagte: „Nein, ich habe nicht gebrüllt. Ich habe geweint. Und weißt du, ich habe deshalb geweint, weil nie jemand zu Herrn Sörensen kommt. Nicht einmal am Heiligen Abend ...“

Später, als wir in eine andere Stadt zogen, verschwand Herr Sörensen aus meinem Leben. Ich hörte nie mehr etwas von ihm. Aber an jenem Tag, als ich an seiner Schulter weinte, fühlte ich, ohne es zu verstehen, zum ersten Male, dass es Menschen gibt, die einsam sind. Und dass es besonders schwer ist, allein und einsam zu sein an Weihnachten.

Christkindl-Ahnung im Advent

Erleben eigentlich Stadtkinder Weihnachtsfreuden? Erlebt man sie heute noch? Ich will es allen wünschen, aber ich kann es nicht glauben, dass das Fest in der Stadt mit ihren Straßen und engen Gassen das sein kann, was es uns Kindern im Walde gewesen ist.
Der erste Schnee erregte schon liebliche Ahnungen, die bald verstärkt wurden, wenn es im Haus nach Pfeffernüssen, Makronen und Kaffeekuchen zu riechen begann, wenn am langen Tische der Herr Oberförster und seine Jäger mit den Marzipanmodeln ganz zahme, häusliche Dinge verrichteten, wenn an den langen Abenden sich das wohlige Gefühl der Zusammengehörigkeit auf dieser Insel, die Tag und Tag stiller wurde, verbreitete. In der Stadt kam das Christkind nur einmal, aber in der Riss wurde es schon Wochen vorher im Walde gesehen, bald kam der, bald jener Jagdgehilfe mit der Meldung herein, dass er es auf der Jachenauer Seite oder hinter Ochsensitzer habe fliegen sehen. In klaren Nächten musste man bloß vor die

Türe gehen, dann hörte man vom Walde herüber ein feines Klingeln und sah in den Büschen ein Licht aufblitzen. Da röteten sich die Backen vor Aufregung, und die Augen blitzten vor freudiger Erwartung.

Je näher der Heilige Abend kam, desto näher kam auch das Christkind ans Haus, ein Licht huschte an den Fenstern des Schlafzimmers vorüber, und es klang wie von leise gerüttelten Schlittenschellen. Da setzten wir uns in den Betten auf und schauten sehnsüchtig ins Dunkel hinaus; die großen Kinder, die unten standen und auf eine Stange Lichter befestigt hatten, der Jagdgehilfe Bauer und sein Oberförster, freuten sich kaum weniger. Es gab natürlich in den kleinen Verhältnissen kein Übermaß an Geschenken, aber was gegeben wurde, war mit aufmerksamer Beachtung eines Wunsches gewählt und erregte Freude. Als meine Mutter an einem Morgen nach der Bescherung ins Zimmer trat, wo der Christbaum stand, sah sie mich stolz mit meinem Säbel herumspazieren, aber ebenso frohbewegt schritt mein Vater im Hemde auf und ab und hatte den neuen Werderstutzen umgehängt, den ihm das Christkind gebracht hatte.

Wenn der Weg offen war, fuhren meine Eltern nach den Feiertagen auf kurze Zeit zu den Verwandten nach Ammergau. Ich mag an die fünf Jahre gewesen sein, als ich zum ersten Male mitkommen durfte, und wie der Schlitten die Höhe oberhalb Wallgau erreichte, von wo sich aus der Blick auf das Dorf öffnete, war ich außer mir vor Erstaunen über die vielen Häuser, die Dach an Dach nebeneinander standen. Für mich hatte es bis dahin bloß drei Häuser in der Welt gegeben.

Weihnachten bringt alles durcheinander

Ich wasch mich jeden Morgen so um sieben,
geh jeden dritten Mittwoch zum Ballett,
schreib Mutter jeden Elften
und in beiden Monatshälften
geh ich einen Tag besonders früh zu Bett.

Ich schwimm im Sommer dienstags
nach der Arbeit
und kriege jeden Fünfzehnten mein Geld.
Ich darf an jedem Achten
bei der Käthe übernachten,
wenn der Neunte nicht
auf einen Montag fällt.

Ich esse mittags stets in der Kantine.
Dort isst man billig, wenn auch schlecht.
Ich fahre jeden Sonntag raus ins Grüne,
und wenn es regnet, dann erst recht.

In andern Worten, ich bin sehr zufrieden,
ich hab mein Leben sorgsam arrangiert,
nur Weihnachten bringt
alles durcheinander,
durcheinander, durcheinander.

Die Leute bevölkern die Straßen
bis spät in den Abend mit tausend Paketen
und sind so zerstreut und verworren
und irgendwie glücklich, man könnte sie treten.
Ich irre umher und ich weiß nicht wohin
und mein Leben wird zum Labyrinth,
in dem ich warten muss,
bis der Alltag wieder beginnt.

Der Alltag kommt und mit ihm meine Freude.
Ich darf mich wieder kurz nach sieben rasieren,
trink abends meinen Schoppen,
darf mir Untergebene foppen
und mir allzu Untergebene ignorieren,
darf wieder meine Vorgesetzten grüßen –
nach Weihnachten erwidern sie's nicht so schnell –
darf wieder streng vermeiden,
mich so weit zu unterscheiden,
dass man glaubt, ich wäre individuell.

Ich gehe durch die Straßen mit Migräne
und lächle niemals, wo ich geh.
Ich zeige überhaupt nie meine Zähne,
außer beim Zahnarzt, da tut's auch weh.

In andern Worten, ich bin sehr zufrieden.
Mein Leben ist vor allen Dingen ernst.

Nur Weihnachten bringt alles durcheinander,
durcheinander, durcheinander.
Denn plötzlich erwartet man grundlos,
ich solle die ärmeren Leute bedauern,
womöglich am Boden mit rotzigen Kindern
bei 'nem schäbigen Tannenbaum kauern.
Zu Weihnachten wird die Bevölkerung verrückt,
jeder Bettler bekommt Appetit.
Da muss man stark sein,
sonst macht man am Ende noch mit.

Von Zeit zu Zeit betracht ich meine Umwelt.
Die meisten Menschen halten ziemlich dicht.
Man arbeitet, man frisst was,
manchmal fühlt man, man vermisst was,
aber trotzdem tut man immer seine Pflicht.
Man fährt zur Kirche oder nach Italien,
man kauft sich erst ein Auto, dann ein Haus,
man kriecht entlang des Lebens –
dass man jung war, war vergebens –
und man sucht sich einen Lieblingsfilmstar aus.

Man ließe sich für's Vaterland zerlegen,
man wählt den Kanzler, schreit hurra
und geht der Zukunft frohgemut entgegen.
Erst wenn sie da ist, ist sie da.

In andern Worten, ich bin sehr zufrieden.
Die meisten Leute sind genau wie ich.
Nur Weihnachten bringt alles durcheinander,
durcheinander, durcheinander.
Die Menschen vergessen die Zukunft,
vor allem diejenige, die schon gewesen.
Sie kaufen einander Geschenke,
darunter auch Bücher, die könnten sie lesen.
Zu Weihnachten ziehn sich die Völker zurück,
man wird weich und empfindsam und schlapp.
Deutschland erwache! Schaff Weihnachten ab!

Das Weihnachtsfest bei Leberecht Hühnchen – Die Reise zum Südpol

Die ‚Villa Hühnchen', wie ihr Besitzer das kleine Häuschen, nicht ohne einen leisen Anflug von Selbstironie, zu nennen pflegte, war trotz ihrer Vergrößerung immer noch eine merkwürdig winzige Wohngelegenheit, aber sie zeigte sich sehr sauber und niedlich, da sie bei dieser Gelegenheit neu abgeputzt und angemalt worden war. An einem der vereisten Fenster war ein talergroßes Guckloch sichtbar, wie Kinder es mit einem erwärmten Geldstück einzuschmelzen lieben, und von diesem verschwand, als ich in Sicht kam, ein Auge, während sofort dafür ein anderes sich zeigte, das freundlich zwinkerte. Auf dem Flur, wo ein angenehmer Kaffeegeruch bemerklich war, kam Hühnchen mir vergnügt entgegen, indem er rief: „Willkommen, lieber Weihnachtsgast, tritt ein in die zwar nicht übermäßig warmen, aber dennoch behaglichen Festräume. Gegen diesen Winter können wir nicht anheizen, obgleich die Öfen heute den ganzen Tag schon bullern. Die Kinder wollten so gerne nach dir ausschauen und baten mich, ihnen ein Markstück zu leihen, um sich ein Loch in die gefrorenen Fenster zu tauen. Ich aber sagte, Weihnachten ist nur einmal im Jahr und habe ihnen für diesen Zweck einen Taler gepumpt!“

Das Fräulein mit der vornehmen Vergangenheit war bereits da und hatte die Gnade, sich meiner zu erinnern. Die gute Dame schien mir heute ganz besonders aufgezäumt zu sein, es klirrte und funkelte allerlei Schmuck an ihr, und über die ganze Gestalt war ein fantastischer Schimmer von künstlicher Jugend verbreitet. Sie sah aus, als wenn man sich Matthissons-Gedichte hat neu einbinden lassen.

Als nun auch Frau Lore und die Kinder begrüßt waren, sagte Hühnchen: „Bevor wir uns an den Kaffeetisch setzen, teurer Freund, muss ich dich mit einer Merkwürdigkeit dieses außerordentlichen Hauses bekannt machen, die durch den Umbau erzielt worden ist. Wie dein baukundiges Auge sofort bemerkt haben wird, ist in dieses, früher unser größtes, Nordzimmer die neue Treppe nach oben eingebaut, wodurch es kommt, dass zur Verbindung mit dem Südzimmer nur ein breiter Gang übriggeblieben ist, in dem ein Sofa steht, wie du siehst. Nun haben wir uns noch nicht zu Doppelfenstern aufgeschwungen, – nebenbei, einfache haben den Vorzug, dass sie außerordentlich energisch ventilieren, – und da stellt sich nun an solchen kalten Wintertagen wie heute die wunderbare Tatsache heraus, dass wir uns in dem Mikrokosmos dieser beiden kleinen Zimmer sämtlicher Zonen und Klimate zu erfreuen haben. Beginnen wir unsere Wanderung hier am Nordende. Dicht am Fenster befinden wir uns in der kalten Zone und können auf das Polareis den Finger legen. Dieses Guckloch mag den Nordpol bedeuten. Nun bewegen wir uns nach Süden und gelangen hier bei diesem Großvaterstuhl bereits in die gemäßigte Zone. Ein tropischer Anhauch weht uns entgegen von jenem Ofen am Beginn des breiten Ganges. Dieser Ofen bezeichnet den Wendekreis des Krebses. Wir passieren ihn und geraten in den Durchgang, in die heiße Zone. Dieses Sofa, das hier zur Ruhe einladet, heißt Kamerun. Hier halte ich zuweilen in behaglichem Klima ein Nachmittagsschläfchen, wenn dringende Verhandlungen des ‚Vereins der Zeitgenossen' mich noch in später Nachtstunde im Kreis meiner Freunde festhielten." Hier sah er sich schalkhaft nach seiner Frau um, die lächelnd mit dem Finger drohte. Dann fuhr er fort: „Was du für Ritzen im Bretterfußboden hältst, sind die Breitengrade, und dieser hier, etwas stärker als die übrigen, stellt den Äquator vor. Wir befinden uns demgemäß bereits auf der südlichen Halbkugel, treten durch diese geöffnete Tür in das zweite Zimmer und finden dort wieder einen Ofen, den Wendekreis des Steinbockes. Langsam schreiten wir durch die südliche gemäßigte und kalte Zone vor, bis uns wiederum Polareis entgegenstarrt. Und sieh mal, dies alles in dem Zeitraum weniger Sekunden, und wir brauchen dazu nicht Siebenmeilenstiefel wie Peter Schlemihl, der, als ihm im Norden beim Botanisieren der Eisbär in den Weg trat, in seiner Verwirrung durch alle Klimate taumelte, bald kalt, bald heiß, wodurch er sich die monumentale Lungenentzündung zuzog. Wir können das viel bequemer in Hausschuhen machen. Aber nun, auf zum Kaffee!"

Weihnachtsfreude

Die alte Frau war mit dem Kauf des Hofes übernommen worden. Sie hatte auf dem Altenteil gesessen, und als der Hof unter den Hammer kam, war sie ‚draufgeschlagen' worden, ohne dass man Einspruch erhob. Es hatte sich nicht gelohnt, darüber lange zu verhandeln. Ihr bisschen Essen fiel nicht ins Gewicht, und außerdem machte sie sich immer ein wenig nützlich, obgleich ihre Augen trübe waren und sie ihr Gedächtnis verloren hatte.

Gab man ihr Wolle, so strickte sie bis in den Abend hinein. Dass sie einen Teil der Wolle für sich selbst zurückhielt, machte nichts. Auch aus dieser Wolle wurden Strümpfe gestrickt, Weihnachtsgeschenke für Anders und Jakob, ihre Söhne. Aber Anders war schon gestorben und lag auf dem Friedhof, und Jakob, der Seemann, war seit Jahren einfach weggeblieben, wie es alten Leuten passieren kann, wenn sie keine Güter mehr für ihre Kinder anzubieten haben. Es waren dann übrigens Leute vom Hof, die diese für

die Kinder gestrickten Strümpfe abtrugen. Aber dass weder Anders noch Jakob von sich hören ließen, nicht einmal Weihnachten, das konnte die alte Frau nicht verstehen. Gut, Jakob war auf Fahrt und nicht sein eigener Herr – redete sie sich ein, aber dass Anders nicht kam, um die alte Mutter zu besuchen, das grämte sie. Das war bitter.
Er hat sicher einen Grund, der ihn hindert, tröstete die junge Bäuerin, die es gut meinte. Der Bauer, der gern Witze machte, lachte und sagte: „Drei Schaufeln Erde, das ist doch eine hinreichende Entschuldigung vor Gott und jeder Behörde!“ Er spielte damit auf die drei Schaufeln Erde an, die der Pfarrer nach dem Begräbnisritus ins Grab warf. Die Alte, die kein Gedächtnis mehr hatte, verstand das nicht und so widmete sie sich in der Ofenecke der Wolle und den Stricknadeln ... denn wenn er nicht kommt, dann kann man eben nichts machen. Aber käme er, wollte sie auf alle Fälle vorbereitet sein. Und die Fürsorge für ihre Kinder war ihr so in Fleisch und Blut übergegangen, dass sie gar nicht anders konnte.
Sie strickte, und das Weihnachtsfest kam, aber kein Anders und kein Jakob. Das war

bitter und schwer. Und ebenso bitter war es am nächsten und übernächsten Weihnachtsfest.

Aber dann kam er an einem Weihnachtsfest doch. Das heißt, Anders war es nicht und Jakob auch nicht – es war ein Fremder, ein Mann, der am Weihnachtsmorgen gerne eine Mahlzeit haben wollte, und der dachte, dass er sich auf dem Hof mit dem Nötigen versehen könnte. Ohne anzuklopfen trat er in die Küche und fand die alte Frau schlafend in der Ofenecke. Das machte ihn verlegen, denn er hatte gerechnet, dass um diese Zeit alle vom Hof in der Kirche sein würden. Er wollte an der Alten vorbei, ohne sie zu wecken, aber es glückte nicht. „Bist du es, Jakob?", fragte die alte Frau. Der Fremde antwortete: „M-m-ja! – Nein!"

„Dann bist du es, Anders!", rief die Frau und breitete ihre Arme aus. „Ich habe es doch gewusst. Komm her, dass ich dich fühlen kann, Junge. Jesses, nicht einmal an Weihnachten bist du rasiert! Willst du in die Kirche gehen, Junge?"

Der Fremde antwortete: „Doch, ich möchte schon, aber ich muss zuerst essen, ich bin sehr hungrig."

„Dem lässt sich abhelfen!“ Die Alte erhob sich mühsam und stellte Wurst und Schinken, Brot und Branntwein auf den Tisch. Der Fremde redete wenig. Er aß und stopfte sich die Taschen voll mit allem, wessen er habhaft wurde. „Iss nur, mein Junge, es kommt alles von deiner Mutter!“ Sie holte drei Paar Strümpfe hervor, blinzelte und sagte: „Du hast sicher kalte Füße, Anders?“ Natürlich, und ob! Anders bekam alle drei Paare, obgleich das eine für Jakob bestimmt war. Sie sagte: „Weiß Gott, dein Bruder Jakob, dieser Bummelant, besucht mich nicht einmal Weihnachten. Du bist gekommen, aber er weiß nicht, an wen ich immer denke.“
Da wurde der Fremde gerührt. Er dachte an die eigene Mutter, die sich um ihn gesorgt hatte. Dann holte er den kostbaren seidenen Schal der Bäuerin, der ihm in die Augen gefallen war. Als die Alte den teuren Stoff fühlte, machte sie eine abwehrende Bewegung, lief weg und verkroch sich wieder in der Ofenecke: „Jesses, so ein Unfug! Ein altes Weib soll keinen seidenen Schal tragen!“ Er versicherte: „Ich schenke ihn dir!“ Dann band er ihr den Schal um, küsste sie und verließ das Haus mit den Worten: „Jetzt

muss ich in die Kirche gehen." Als die Leute vom Hof bald darauf aus der Kirche zurückkamen, saß die alte Frau wie immer in der Ofenecke. Sie zitterte und weinte vor Freude. Das seidene Halstuch der jungen Bäuerin war feucht von Tränen.

Und es gab eine Aufregung, denn ein paar hübsche Kleinigkeiten fehlten im Haus. Die alte Frau begriff nichts, aber sie versuchte zu begreifen, warum sie schimpften. Die junge Bäuerin wollte das Halstuch zurück. Aber sie wollte es nicht wieder hergeben und der Bauer musste es ihren krummen Fingern entwinden. Das machte ihr nichts, sie hatte es bald vergessen. Aber den Besuch des Sohnes behielt sie von Weihnachten bis zum Dreikönigstag. Dieser Besuch bedeutete für sie eine lange Weihnachtsfreude.

Bist du ein Engel?

Es schneite, wie es sich gehörte. Frischer Schnee überzog Bürgersteig und Fahrdamm und hellte das Dunkel dieses Weihnachtsabends auf, die Fenster der Wohnzimmer waren vom matten Licht der Kerzen gesprenkelt. Jeder wusste, wohin er gehörte, überall wurde beschert.

Nur Maria Friese stand vor der Tür eines etwas verkommenen Mietshauses und überlegte, verdutzt und ungläubig, was sie nun tun sollte. Ungläubig: ein Wort, das eigentlich nicht zu Weihnachten passte. Sie hatte Ulla besuchen wollen, die schwierigste ihrer Töchter. Ulla machte es sich immer schwerer als nötig und hatte es folglich schwer, denn sie war unverbindlich, abweisend und uncharmant.

Maria Friese hatte die zweistündige Bahnfahrt in die Großstadt unternommen, um den heutigen Abend mit Ulla zu verbringen. Sie hatte geklingelt, aber dann stand die ganze WG in der Wohnungstür, um sie kühl zu mustern und ihr mitzuteilen, dass

Ulla vor vier Wochen ausgezogen war, ohne zu sagen, wohin. Aber sie hatte keine Angst vor dem Alleinsein heute. Sie würde in Richtung Hauptbahnhof gehen, vielleicht auch eine der Kneipen betreten, die für Einsame geöffnet waren.
Maria Friese machte sich auf den Weg, und ihre Schuhe stanzten Spuren in den Schnee. Sie überquerte eine Straße, kein Auto war zu sehen. „Markt und Straßen stehn' verlassen, still erleuchtet jedes Haus …"
Sie wunderte sich, dass ihr Weihnachtsverse in den Sinn kamen. Sie hatte es falsch gemacht mit diesem Weihnachten.
Da hatte sie nun die Bescherung.
Dann hörte sie plötzlich ein lautes Schluchzen und blickte auf. Ein ziemlich kleiner Junge kam ihr entgegen, er stapfte durch den Schnee, bei dem es doch nicht viel zu stapfen gab, und heulte. Er wollte an ihr vorbei, aber sie tippte ihm energisch auf die Schulter. „He, du! Hast du dich verlaufen?"
Der Junge sah eher wütend als ängstlich aus. Er musterte die fremde Frau mit rot unterlaufenen Augen. „Natürlich nicht! Ich kenn' mich doch aus!"
„Und warum bist du dann nicht zu Hause?"

„Weil ich abgehauen bin! Ich halt' das nicht mehr aus mit meinen Eltern!" Er stampfte sogar mit dem Fuß auf.
„Weshalb?", fragte sie besorgt.
„Weil sie sich zanken!"
„Heute?", fragte sie verwundert.
„Und wie!", stieß der Junge hervor. „Angeschrieen haben sie sich! Endlos! Und jetzt reden sie gar nicht mehr miteinander! Die sind doch bescheuert!"
Hm. „Tausend Kindlein stehn und schauen, sind so wundervoll beglückt." Joseph von Eichendorff hätte den Burschen sehen müssen. Von Sanftheit keine Spur. Aber immerhin war er in Schwierigkeiten, man musste ihm helfen.
„Wie heißt du denn?"
„Stupsi."
„Ich meine richtig."
Er schien nachzudenken. „Thomas", sagte er dann. „Thomas Krieger."
„Auch das noch", murmelte Maria Friese. „Und wie alt bist du?"
„Fünf Jahre und drei Monate", sagte er, nun schon ganz friedlich. „Also fast sechs."
Sie nickte. „Wenn du willst, geh' ich mit dir zu deinen Eltern und bring' das in Ordnung."

Die Kriegers wohnten drei Häuserblocks weiter, und die Stimmung war wirklich schlecht in der Wohnung.
„Ich bring' Stupsi", sagte Maria Friese zu dem blonden und ebenso hilflos wie tapsig aussehenden Familienoberhaupt.
„Vielen Dank."
Aus dem Schlafzimmer hörte man heftiges Schluchzen. Maria Friese deutete hinüber. „Kann ich Ihrer Frau helfen?", fragte sie ohne Umschweife. „Ich habe drei erwachsene Töchter."
„Das schaffen Sie doch nicht!" rief der blauäugige Endzwanziger erbittert.
„Was ist passiert?", fragte sie, als hätte sie ein Recht, das zu fragen. Und Herr Krieger gab Auskunft. Seine Frau hatte sich übernommen. Seit Wochen hatte sie Päckchen gepackt, für Verwandte in Cham, für die Eltern in Bremerhaven, für Freunde in Polen. Sie hatte Briefe geschrieben und war durch die Stadt gehastet, um Geschenke zu besorgen, sie hatte eine alte Oma, eine alte Tante und einen alten Onkel in ihren Altersheimen besucht und für die Feiertage die Lebensmittel eingekauft. Heute Vormittag musste sie auch noch großreinemachen! Und nun

war sie fertig mit den Nerven, „fix und foxi", wie Stupsi sachlich ergänzte. Nein, das Fest, für das sie geschuftet hatte, konnte sie nun nicht mehr genießen.
Maria Friese ging ins Schlafzimmer hinüber und sah im Halbdunkel eine zarte Gestalt mit angezogenen Beinen auf dem Bett liegen. Maria Friese setzte sich kurzerhand an den Bettrand. „Das kriegen wir in Ordnung", sagte sie beruhigend. Linda Krieger schien die Anwesenheit dieser Fremden als gegeben hinzunehmen. „Ich sprech' nicht mehr mit ihm!", rief sie. „Ich lass mich scheiden!"
„Aber vorher sollten Sie noch einmal zusammen Weihnachten feiern", schlug Maria Friese vor. Die junge Frau hob den Kopf und starrte die Fremde mit den grauen Haaren an. Sie schüttelte verzweifelt den Kopf. „Mit dem da …" Dabei hatte der Bär da draußen ganz lieb ausgesehen.
„Na ja, wenigstens Stupsi hätte nicht so einen unheiligen Abend verdient", sagte Maria Friese mahnend. Die junge Frau schluchzte auf. „Ist ja doch alles verpatzt", rief sie. „Die Kerzen sind kaputt! Und das Essen – alles hin."
„Das seh' ich mir gleich mal an", sagte Frau

Friese. „Ruhen Sie sich noch ein Viertelstündchen aus. Dann machen Sie sich zurecht und holen Stupsis Geschenke. Und dann geht's los."

Maria Friese ging in die Küche und sah den zerfallenen Karpfen im Topf. Er hatte zu lange gekocht, aber hübsch hergerichtet würde er ein ausgezeichnetes Fischgericht abgeben. Sie schaltete die Herdplatte ein, auf der die Kartoffeln standen, zerließ Butter und holte Gewürze aus dem Wandschrank. In Küchen kannte sie sich aus. Dann deckte sie den Tisch, das sah festlich aus, so kann es Linda nicht, dachte Peter Krieger anerkennend.

„Gleich geht's los!", rief ihm Maria Friese zu, während er bedauernd die elektrischen Kerzen wegräumte.

„Sie kommt ja doch nicht!", sagte er trotzig. Aber fünf Minuten später erschien Linda Krieger, blass und durchsichtig und statt des ramponierten Nervenkostüms trug sie ein hübsches schwarzes Paillettenkleid.

„Soll ich den Fernseher einschalten?", fragte Herr Krieger, als hätte die Fremde das zu entscheiden.

„Lieber das Radio!", schlug Frau Friese vor. Im Zweifelsfall war Radio immer schöner.

„Ihr Kinderlein, kommet" wurde da gesungen, dann „O du fröhliche, o du selige" und schließlich „Stille Nacht, heilige Nacht". Frau Krieger half Frau Friese in der Küche. Der Fisch war gerettet, mit Grün garniert sah er in der ovalen Keramikschüssel sehr appetitlich aus. Stupsi durfte die Kerzen anzünden. Sie setzten sich.

„Guten Appetit!", sagte Maria Friese, als sei sie autorisiert dazu. Es schmeckte ihnen allen so gut wie lange nicht.

„Vom Himmel hoch, ihr Englein kommt" wurde im Radio gesungen, und Stupsi starrte seine neue Bekannte an. Jetzt begriff er: Natürlich, die war ein Engel! Vom Himmel hoch, da kam sie her! Sie hatte eine Katastrophenweihnacht verhindert, seine Eltern würden sich möglicherweise nicht mal scheiden lassen, und der Heilige Abend würde noch ganz schön heilig werden.

Später wurde beschert. Die drei Kriegers erhielten genau das, was sie sich gewünscht hatten, und für Maria Friese gab es einen schönen Landschaftskalender. Sie tranken Tee mit Rum und aßen das Weihnachtsgebäck, das Linda noch geglückt war, und ihr Mann stand neben ihr und legte den Arm

um ihre Schultern. Sie hatte zwar Nerven wie Spinnweben, aber diese Frau Friese hatte die Spinnweben wieder zusammengeknüpft.
Dann schlug Frau Friese vor, Herr Krieger solle ihnen das Weihnachtsevangelium vorlesen, das sei ja immerhin unmittelbarer Anlass zu diesem Fest. Ein verblüffender Vorschlag, sie wollten ihn auch befolgen, fanden die Bibel aber nicht. „Wir müssen doch eine haben!“, rief Linda Krieger. „Da rechts vielleicht, neben dem Pilzbuch.“ Aber es war ein anderes schwarzes Buch, das da stand. Dann fanden sie schließlich die Bibel, sie stand zwischen dem Buch von der Midlife Crisis und dem Buch „Bewahre uns vor der Liebe“, was auch keine rechte Nachbarschaft für die Heilige Schrift ist.
Peter Krieger las vor, und ein bisschen Bethlehem zog in die Wohnung Krieger ein. Denn was Weihnachten bedeutete, daran hatten sie schon Jahre nicht mehr gedacht. Später unterhielten sie sich noch, und schließlich bezog Linda im Wohnzimmer die Couch für die Besucherin, und sie gingen schlafen.
Maria Friese allerdings nahm Tasche und Mantel, ging auf Zehenspitzen auf die Diele

hinaus und zog die Wohnungstür leise hinter sich zu. Sie fuhr noch mit dem letzten Zug nach Hause. Dort wartete Tochter Ulla auf sie und fiel ihr um den Hals, denn Ulla hatte auch ein schlechtes Gewissen. Nun wurde es noch ein sehr friedlicher restlicher Weihnachtsabend.
Herr und Frau Krieger waren zu Bett gegangen und wussten nicht, dass ihr Gast fort war. Sie lagen dicht nebeneinander und überlegten kurz, ob es ungehörig war, sich am Heiligen Abend richtig zu versöhnen. Aber schließlich war es doch ein Fest der Liebe.
Einem Rudel von Jungen, die gern Fußball

Als der Nikolaus Ball spielenden Jungen geholfen hat

gespielt haben, ist einmal folgende Sache passiert: Sie haben in einer Nebenstraße gespielt, und in seinem Eifer hat ein Junge mit einem kräftigen Schuss den Ball durch eine Fensterscheibe gejagt.
Nun wohnte in jenem Haus ein Mann, der schon immer auf die Jungen und ihr Geschrei geschimpft hatte, weil er sich gestört fühlte. Sie haben sich nicht gleich getraut, dort anzuläuten und um ihren Fußball zu bitten. Schließlich ist jener Junge, der den Schuss abgegeben hatte, doch hingegangen und hat dort angeläutet. Im Treppenhaus ist ihm aber schon der Wohnungsbesitzer entgegengekommen, einen Teppichklopfer in der Hand.
„Kann ich bitte unsern Ball haben, und es tut mir leid", hat der Junge gesagt.
„Prügel kannst du haben", hat der wütende Mann geantwortet, „und den Ball kriegt ihr nicht wieder. Nun hab' ich endlich meine Ruhe!"
Und damit hat er die Tür hinter dem Jungen,

der sich zur Flucht gewandt hatte, zugeschlagen. Da standen nun die Jungen ratlos und wussten nicht, was sie machen sollten. Endlich sagte einer von ihnen: „Gehen wir doch in die Kirche zum heiligen Nikolaus. Der soll da manchmal helfen.“
Sie sind in die Kirche gegangen, wo eine Statue des heiligen Nikolaus gestanden ist. Und irgendeiner hat gesagt: „Heiliger Nikolaus, hilf uns doch, dass wir unsern Fußball wiederkriegen. Wir tun's auch nicht wieder.“
Da haben sie gehört, wie die Statue gesagt hat: „Macht euch keine Sorgen! Ich komme selber mit euch mit, und den Ball kriegen wir schon wieder.“
„Aber du kannst ja da nicht runter.“
„Ach was. So könnte ich auch nicht gehen. Aber ich stehe ja schon hinter euch.“
Wie die Jungen sich umgedreht haben, konnten sie sehen: Da stand ein älterer Herr mit einem weißen Bart, in einem dunklen Mantel, einen Hut in der Hand, der sah aus wie die Statue des heiligen Nikolaus.
„Also kommt, Jungs!“, sagte der alte Herr.
Sie verließen die Kirche und gingen in jene Straße, wo die Sache passiert war.
Der Herr hat gar nicht gefragt, „Wo?“, son-

dern er ist gleich zum richtigen Haus hingegangen. „Bleibt ihr mal hier!“
Er hat angeläutet und ist hineingegangen.
„Sie wünschen?“, hat der Mann im Haus gesagt.
„Ich möchte den Ball von den Jungens haben, bitte schön“, sagte der alte Herr.
„Diese Mistbande kriegt den Ball nicht wieder. Und erst sollen sie mal den Schaden für die kaputte Fensterscheibe bezahlen!“, hat er geschrien.
„Aber bitte, wo ist da eine Fensterscheibe kaputt?“, hat der alte Herr gefragt.
„Na, da kommen Sie mal und sehen selbst!“, sagte der Mann; damit ist er zum Fenster gegangen, aber da waren alle Scheiben heil. Er ist zum andern Fenster, aber da war auch keine Scheibe kaputt.
„Na so was!“, hat er ausgerufen.
„Vielleicht hatten Sie die Fenster offen, und der Ball ist nur so hereingeflogen?“, meinte der alte Herr.
„Nein, bestimmt nicht! Unter Tags habe ich sämtliche Fenster zu, wegen des Lärms und des Drecks. Es hat auch richtig gebumst, und alles lag voll Scherben.“
„Nun ja“, meinte der alte Herr, „wir haben

als Jungen alle etwas angestellt. Aber wie Sie sehen, haben Sie keinen Schaden erlitten. Geben Sie mir den Ball, und ich sage den Jungen, sie sollen anderswo spielen. Verlassen Sie sich darauf: Sie werden tun, was ich ihnen sage."

Der Mann, der etwas verwirrt war, meinte: „Ja. Da haben Sie den Ball." Und er gab ihn ihm.

Nun strich der Herr seinen weißen Bart, lächelte und sagte: „Das ist sehr freundlich, und ich bedanke mich auch schön."

Er nahm den Ball und ging hinaus zu den Jungen. Indem er ihnen den Ball gab, sagte er: „Hier dürft ihr nicht mehr spielen; aber ich zeige euch einen Platz ganz in der Nähe, wo ihr spielen könnt."

So war das.

Nun war draußen nirgendwo mehr eine

Eisblumen

bunte Blume zu sehen, die Beete im Garten waren mit Tannenzweigen zugedeckt, die Rosenstöcke hatten eine warme Strohkapuze über den Kopf bekommen, und auch die Blumenstöcke vorm Fenster waren verwelkt, und man hatte sie fortgenommen.
„Schade", sagte das Sofa, das so recht behaglich hinter dem großen Esstisch in der Stube stand und gerade auf das Fenster sehen konnte. „Es war so hübsch, wenn die Blumen uns zunickten und uns erzählten, was draußen auf der Straße vor sich ging." Die anderen Möbel fanden das auch. Der Tisch meinte zwar, man solle nicht klagen, denn jetzt fange die gemütliche Zeit für die Stube eigentlich erst an! Im Sommer liefen die Menschen alle fort – hinaus in Garten, Wald und Feld. Im Winter aber blieben sie hübsch in der Stube zusammen, erzählten sich was oder lasen sich was vor, und so hörten sie – die Möbel – doch eigentlich noch mehr als von den Blumen.
Das war wahr. Aber – schöner hatte die Stu-

be doch mit den Blumen ausgesehen, das war ganz sicher. – Nun hört, was ein paar Wochen später eines Morgens den Möbeln für eine große Überraschung aufblühte.
Es war bitterkalt draußen, und auch in der Stube war es in der Nacht so kalt geworden, dass die Möbel die Betten in der Schlafstube beneideten, die sich so schön mit warmen Federkissen zudecken durften. Da – als der Schrank eben aus dem Schlaf erwachte, tat er vor Verwunderung einen lauten Knacks.
Die anderen Möbel wachten alle davon auf, und was sahen sie? Das ganze Fenster war von oben bis unten mit einer schneeweißen, glitzernden Eiskruste bedeckt. Es war kein gewöhnliches, glattes Eis. Ganz sonderbare Gebilde waren darauf zu sehen – wie Blumen, Blätter, Stiele, aber alles ganz durcheinander – manchmal schwer zu erkennen.
„Was ist das nur?“, fragte ganz leise das Sofa. Es war ganz benommen von der weißen Glitzerherrlichkeit. „Ist der Glaser vielleicht heute Nacht da gewesen und hat heimlich andere Scheiben eingesetzt?“
„Vielleicht ist's hier so ähnlich wie im Häuschen der Hänsel-und-Gretel-Hexe“, meinte der Spiegelschrank. „Die Hexe, die in mir

steht, wird die Scheiben in Zucker verwandelt haben."
Bei dem Wort „Zucker" machte die kleine schwarze Fliege, die auch mit in der Stube wohnte, sich schleunigst auf den Weg. Aber ganz enttäuscht kam sie bald zurückgeflogen. „Nein – es ist kein Zucker", sagte sie. „Es schmeckt auch nicht ein bisschen süß! Aber so rau ist's wie Zucker, das ist wahr."
„Ich glaube, dass es Blumen sind", sagte das Gießkännchen. Das Ofenrohr, das immer gleich ein bisschen oben hinaus war, sagte zwar: „Ach – schwätzen Sie doch kein Blech!" Aber alle anderen in der Stube gaben dem kleinen Gießkännchen recht.
Ja – wer hatte diese seltsamen schneeweißen Blumen aber nur so in aller Herrgottsfrühe ans Fenster gezaubert? Die Möbel hätten es gar zu gerne gewusst! Aber das Fenster – das Einzige, das doch darüber hätte Auskunft geben können – das war ganz starr und stumm, man wusste nicht, war es das vor lauter Entzücken oder hatte es jemand mit den weißen Blumen gleich mitverzaubert. Horch – da klang plötzlich von der Straße her ein Lied:

„Der Winter hat heut über Nacht

Viel Blumen mitgebracht.
Eisblumen sind's, Eisblumen sind's –
Habt ihr's euch nicht gedacht?
'Ne ganze Ladung kam heut früh
Direkt vom Nordpol an,
Ganz frisch gepflückt, ganz frisch gepflückt,
Wie man gleich sehen kann.

Der Winter streut im Sonnenschein
Vor jedes Fenster sie.
Dooh – wundern sich die Leut' da
Und staunen! Hui hihi - - - - -"

„Das war der Nordwind" – sagte der Ofen. „Ich kenn' ihn an der Stimme." Die Möbel in der Stube waren alle ganz verstummt. Eisblumen – also Eisblumen waren das? Und der Winter hatte sie mitgebracht? Natürlich – der Winter konnte ja nur weiße Blumen schenken, weiß wie der Schnee. Wie wunderbar – nein, wie wunderbar war das! Eisblumen – ob die wohl auf Eisbergen oder Eisfeldern gewachsen waren? Oder ob der Winter einen großen Garten mit solchen Blumen hatte?
Es war doch schön von ihm, dass er die Blumen so heimlich ans Fenster gestreut hatte.

Ja – er wollte mal zeigen, dass er auch schöne Blumen hatte, nicht nur der Sommer! Und nun war das Fenster doch nicht mehr so kahl, nun standen wieder Blumen da und schmückten die Stube.

Aber:

„Sie nicken uns nicht zu wie die Sommerblumen“, meinte das Sofa.

„Und sie winken auch nicht mit den Blätterärmchen. Und sie duften nicht – und sie erzählen auch gar nichts“, sagten die Stühle. Nun kam auch noch ein Sonnenstrahl ans Fenster. Und nun verwandelte das Silber sich auf einmal in Gold – das blinkte und glitzerte, funkelte und leuchtete – nein, es ist gar nicht zu beschreiben, wie schön es war, es war wie in einem Märchen, einem Wintermärchen, es war so seltsam – ja, es war eben ein Blumengruß aus einer fremden Welt – aus der Eiswelt!

„Tik – tak, tik – tak, tik – tak“, machte die große Uhr an der Wand. Ihr war die Stille in der Stube ein bisschen ungemütlich, sie war immer mehr für Leben und Bewegung. Auch der Schrank tat noch einmal einen kleinen Knacks: „Wenn wir nur etwas tun können, dass diese weißen Blumen sich

auch mal bewegten.“
„Ich will sie ein wenig begießen“, sagte das Gießkännchen. „Das wird wohl nichts nützen“, meinte der Ofen. „Aber wenn wir jetzt mal ein Feuerchen ansteckten – so ein recht prasselndes, warmes Feuerchen – ha! Ihr solltet mal sehn, wie die weißen Blätter und Blüten dann auftauen und anfangen würden, sich zu bewegen. Sie sind nur so steif gefroren vor Kälte.“ Gerade, als ob der Ofen sie gerufen hätte, kam in diesem Augenblick das Mädchen Lina in die Stube. Sie hatte Papier und Holz in der Hand, damit machte sie – wie er es gewünscht hatte – ein Feuer an.
Jetzt fiel es den Möbeln wieder ein, wie sehr sie in der Nacht gefroren hatten. Durch die Überraschung mit den weißen Winterblumen hatten sie's wahrhaftig ganz vergessen. In der Stube wurde es bald wärmer und wärmer. Neugierig sahen alle nach dem Fenster hin. Aber – du lieber Himmel – was war denn das? Von den Eisblumen waren die obersten ja auf einmal verschwunden! Fort – weg – ganz weg!
Wo waren sie geblieben?
Die Möbel sahen sich erschrocken an. Und

da – nein, aber nein –, was war denn das nur? Immer mehr von den herrlichen weißen Blumen verschwanden ja! Immer mehr – da guckten schon wieder die alten, durchsichtigen Glasscheiben heraus.
Es war wie ein Zauber: Langsam – man wusste nicht wie, man wusste nicht wohin – zergingen sie, zerflossen – schwanden dahin. Nichts blieb von ihnen übrig als ein paar klare Wassertröpfchen, und die bewegten sich nun wirklich! Langsam wie Tränen flossen sie an den Fensterscheiben herunter!
„Das Fenster weint“, sagte das weichherzige Sofa.
Aber da klang draußen auf der Straße wieder eine bekannte Stimme. Der Nordwind kam durch das Ofenrohr in den Ofen herein. Huuu – wie pfiff, und hihihi – wie lachte er! „Nein – wie kann – wie kann man nur so dumm sein!“, sagte er zu dem Ofen. „Schenkt euch der Winter da seine schönsten Blumen! Und was tut ihr? Macht Feuer an, um die Blumen recht schön zu braten. Hihihi – Eisblumen! Blumen, die in bitterer Winterkälte gewachsen sind! Als ob die Wärme vertragen könnten! Nein – es ist zum Totlachen. Aber freilich: Was wissen solche

Stubenhocker wie Sofa, Tisch und Ofen vom Winter draußen?"
Da wurden die Möbel in der Stube alle traurig; traurig und ärgerlich. „Der Ofen – der Ofen ist schuld daran!", riefen sie. „Ich weiß es", sagte der Nordwind. „Er hat es gut gemeint. Aber jedermann kann so was eben nicht vertragen."
Der arme Ofen stand betrübt in seiner Ecke, er war schon ganz rotglühend geworden vor Scham. Nun hatte er die schönen weißen Blumen zerstört – den Fensterschmuck, über den die ganze Stube sich so gefreut hatte. Wie tat ihm das leid!
„Kannst du den Winter nicht vielleicht bitten, dass er uns wieder neue Eisblumen schickt?", fragte er den Nordwind.
„Bitten will ich ihn schon", sagte der Nordwind. „Aber ob er es tut – der alte Herr? Muss schon mal wieder bei besonders guter Laune sein – hihi! Na – wir wollen es hoffen."
„Ja – und mit der Hoffnung, tik – tak, wollen wir uns, tik – tak, zufrieden geben", sagte die Wanduhr.
Quellenverzeichnis

Wir danken folgenden AutorInnen und Verlagen für die freundlich erteilte Abdruckerlaubnis:

Frankenfeld, Peter Der Baum, aus: Peter Frankenfeld, Humor ist Trumpf, ©1980 F.A. Herbig Verlagsbuchhandlung GmbH, München

Kishon, Ephraim Vertrauen gegen Vertrauen, aus: Ephraim Kishon, Arche Noah, Touristenklasse, ©1962 by LangenMüller in der F.A. Herbig Verlagsbuchhandlung GmbH, München

Kreisler, Georg Weihnachten bringt alles durcheinander, ©Rechte bei Barbara Kreisler-Peters

Pillau, Horst Bist du ein Engel?, ©Rechte beim Autor

Leider war es uns trotz sorgfältiger Recherchen nicht möglich, alle Rechtsinhaber ausfindig zu machen. Für Hinweise sind Verlag und Herausgeberin dankbar.